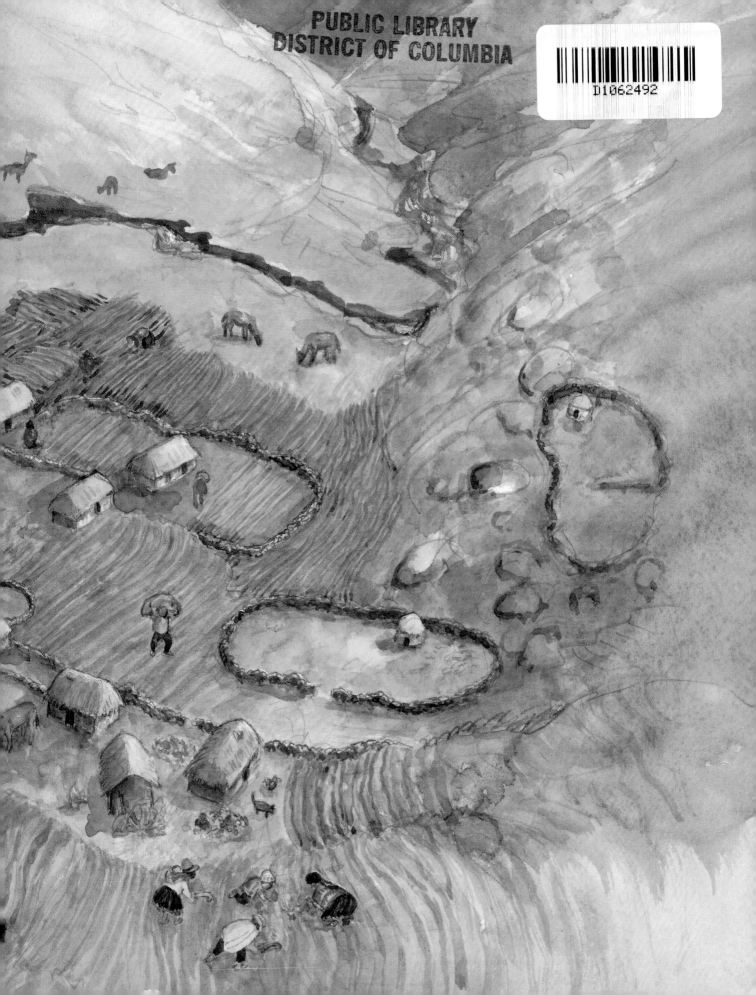

Para Manon

© 2009, Editorial Corimbo por la edición en español
Avda. Pla del Vent 56, 08970 Sant Joan Despí, Barcelona
e-mail: corimbo@corimbo.es
www.corimbo.es
Traducción al español de Rafael Ros
1ª edición septiembre 2009
© 2009, l'école des loisirs, París
Título de la edición original: «De la glace aux pommes de terre?»
Impreso en Francia per Aubin, Poitiers
ISBN: 978-84-8470-347-1

Satomi Ichikawa

¿Helado de papas?

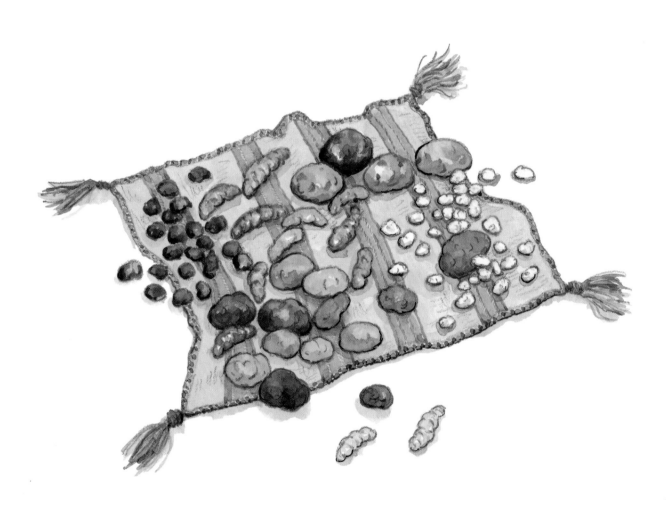

Corimbo

Todas las mañanas, al alba, Lucho se despierta con
el maravilloso olor de una sopa de papas.

—Lucho, ven a comer tu sopa —dice su mamá.

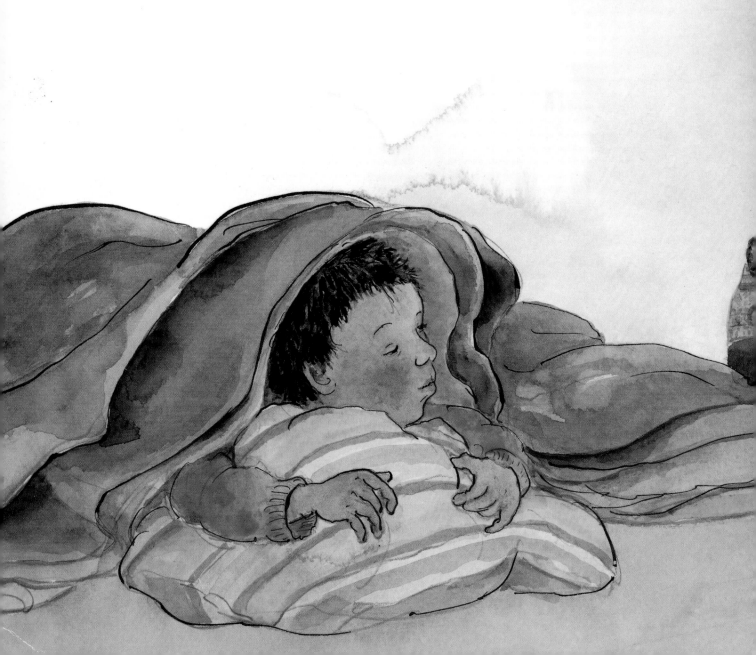

Muy pronto será la hora de llevar a las alpacas
a pastorear. Lucho acompaña siempre
a su padre. Chaski, el perro, también va.
Brrr… hace frío en la montaña.

Mientras las alpacas pastan tranquilamente, Lucho y su padre vuelven al
cercado junto a la casa, recogen los excrementos de las alpacas y los ponen
a secar al sol. Son necesarios cada día para encender el fuego y cocinar la
cena porque aquí no crece ningún árbol. Tampoco hay gas ni electricidad.
—Lucho —dice su padre—, mañana es un gran día:
empezaremos a recolectar las papas.

La papa es la única cosa que crece en estas altas montañas.
Hay decenas de tipos. Todas tienen un gusto diferente.
Algunas son tan suculentas como un postre. Lucho y
su familia las comen mañana, tarde y noche,
e incluso para merendar.

Esta tarde, mamá prepara la sopa
de papas nuevas. De repente, papá abre
la puerta y dice:
—¡Venid rápido! Ritti y su pequeño han desaparecido.
Cada uno agarra una linterna y sale en la noche en busca
de Ritti y de su bebé, Pocoyo.

—¡Ah, ahí está Ritti!

—¡Pobre mamá alpaca! ¿Qué te ha pasado? ¿Dónde está Pocoyo?

Ritti ha bajado toda la pendiente. Parece extenuada por haber buscado a su pequeño.

De repente, Chaski ladra. Todos se precipitan.
Pocoyo está allí, atrapado en una estrecha grieta.
Papá corre a la casa a buscar una cuerda.

Como Lucho es el más pequeño, es él quien baja por la cuerda.
Se cuela hasta el fondo y toma a Pocoyo en sus brazos.
—¡Atención, subidnos despacito!

Pocoyo ha tenido más miedo que otra cosa. Solamente
tiene un arañazo en la pata, que su mamá, lamiéndolo,
ya está a punto de curar. Ahora, todos están tranquilos.

Pero Pocoyo está temblando todavía, entonces Lucho y su padre
deciden pasar la noche en el cercado, para vigilarlo de cerca.

En el cielo estrellado se erige majestuosamente Apus, la montaña
más alta. Apus es un dios. Vela por ellos, Lucho está seguro.

La mañana siguiente, cuando Lucho se despierta,

El sol ya está alto. ¡Qué bueno es calentarse con sus rayos!

—¡Gracias, Inti, dios del sol!

Pocoyo bebe vigorosamente la leche de su madre.

Ritti se acerca a Lucho y le susurra en la oreja:

—Gracias por salvar a Pocoyo. ¿Has dormido bien?

¿Qué has soñado?

—He tenido un sueño muy bonito —dice Lucho—.
He soñado que comía un helado. Es una cosa fabulosa que comí
una vez en una fiesta en el pueblo. Me encantaría volver a comerlo.

… —¿Helado? —dice Ritti—. ¡Pero si aquí hay por todos lados!

—No, no es hielo de la montaña, es crema azucarada y helada.

—Tenemos de todo para fabricarlo.

Ve a buscar las papas más dulces, hielo de la montaña

y yo te daré mi leche. Sólo faltará azúcar.

¿Helado de papas?

¡Con leche de alpaca! —añade Ritti con rotundidad.

¡Gracias Ritti! —dice Lucho.

Papá está justamente bajando al valle.

Va a hacer la compra a cambio de las patatas.

—¡Papá! ¡Papá! —grita Lucho—. ¿Puedes traerme un poco de azúcar?

—Ya lo tenía previsto, Lucho. Mamá me lo ha pedido.

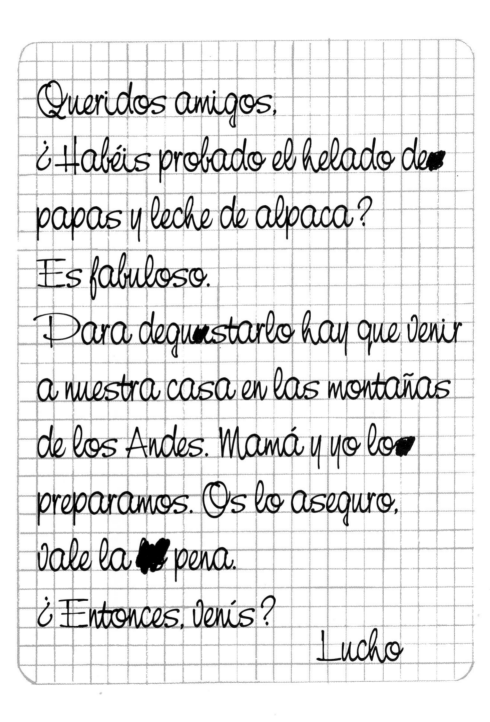

Queridos amigos,

¿Habéis probado el helado de papas y leche de alpaca?

Es fabuloso.

Para degustarlo hay que venir a nuestra casa en las montañas de los Andes. Mamá y yo lo preparamos. Os lo aseguro, vale la pena.

¿Entonces, venís?

Lucho

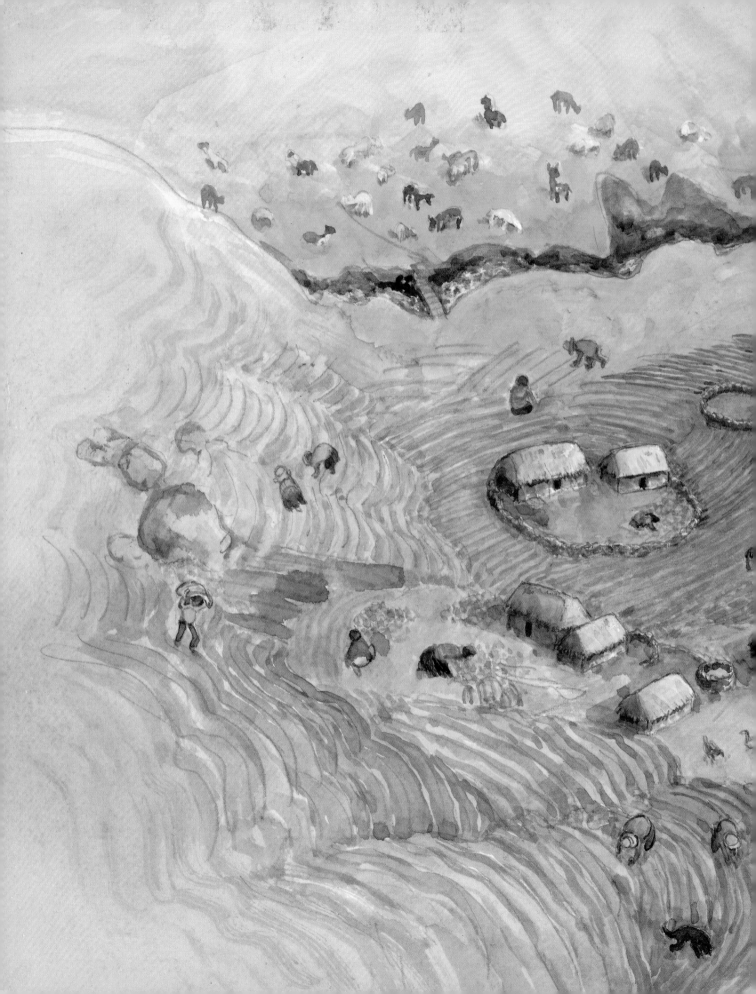